SÓCRATES Y COMPAÑÍA

Episodio 3

El viernes Santo en Sevilla

Salud Sánchez Roldán

"Dedicado a Antonio Gil de Montes por su colaboración al contarme semanas de su Semana Santa, que me han sido de gran ayuda para conformar mi novela".

Salud Sánchez Roldán

De Salud Sánchez Roldán

Colección Mundo hispánico

La   Pandilla de los nauseabundos

Rescate en la montaña

1. Leyenda

Cuenta una leyenda que en Sevilla había un hombre muy devoto del Cristo del Gran Poder. Este hombre tenía un hijo pequeño. Un día el niño enfermó. La enfermedad postró al niño en la cama y los médicos dijeron que la gravedad podría terminar con su vida. El hombre le pidió al Cristo del Gran Poder que hiciera sanar a su hijo, le rezó, le suplicó y le lloró. Sin embargo, el niño murió. El hombre entró en cólera con el Cristo. Una vez enterrado su hijo, se dirigió a la Iglesia y le habló diciéndole lo siguiente: "a partir de ahora jamás volveré al templo, jamás te visitaré, jamás te rezaré. Si quieres que vuelva a ti, serás tú quien me busque". El tiempo y los años transcurrieron y el hombre no volvió a visitar al Cristo del Gran Poder.

Como en Sevilla hay tradición de sacar los pasos aunque no sea Semana Santa, sucedió que sacaron al Cristo en procesión por la periferia, lejos de la ciudad, en un acto de evangelización. De pronto empezó a llover. Los cofrades estaban lejos de la iglesia pero debían de encontrar un sitio donde resguardar la talla, pues, como todo el mundo sabe, es de un valor incalculable, no solo a nivel artístico, sino también espiritual. La talla en mitad de la calle se mojaba. Entonces uno de los cofrades dijo: "yo tengo un amigo que tiene una gran cochera de trabajo donde guarda sus tractores, vamos a llevarlo allí". Se dirigieron con premura a la gran cochera. La casualidad quiso que aquel hangar perteneciera al hombre cuyo hijo murió. Este sacó los tractores y durante la tormenta el Cristo se resguardó de la lluvia en aquel sitio. El hombre emocionado se dirigió al Él y le dijo: "veo que has venido a buscarme". Desde aquel *día, lo perdonó y volvió a la Iglesia a rezar a su Cristo y dicen que aún sigue visitándolo.*

Sócrates y Tiago, metidos ya en la cama, escuchaban a su padre con expectación.

–¿Os ha gustado la leyenda, niños?– preguntó Juan a sus hijos antes de darles las buenas noches.

–Si, papá –respondieron– ha sido muy emocionante.

–Pues es cierto. A partir de mañana tú y tu hermano tendréis el privilegio de acompañarme y ver esta famosa talla de Jesucristo y otras más como la Esperanza de Triana o la Macarena.

–¡Jo, papá! qué ilusión– explotaron en júbilo los niños.

Quedaba aún una semana para que empezara la Semana Santa en Andalucía. Y la de

Sevilla es especialmente famosa. De hecho en 1980 fue declarada de Interés Turístico Nacional.

Juan que, además de restaurador de arte, poeta y pintor, era fotógrafo de renombrado prestigio, había sido contratado por una revista muy importante extranjera (*Cultura y Pasiones/ Culture and Passions*) para hacer un reportaje fotográfico de las tallas más importantes que salían en procesión por las calles de Sevilla, así como, del recorrido en las noches de la primavera andaluza. Además, el Cristo del Gran Poder había sido dañado y Juan iba a restaurar los daños.

Fue muy complicado para *Cultura y Pasiones* conseguir los permisos necesarios para semejante reportaje. Era mucha la burocracia y parecía que nunca iba a llegar el momento en que Juan pudiera llevar a cabo el trabajo que lo haría aún más famoso. Lo que no sabía él y sus grandes amigos, Alejandro Sánchez y Antonio Velásquez (que lo iban a acompañar para ayudarlo) es que semejante empresa casi termina con sus vidas en una redada policial donde hubo tiros como en las películas americanas.

Una de las razones por las que costó tanto conseguir los permisos fue la importancia de las tallas. Aunque no está restringidas la visita de los fieles, éstas están protegidas con fuertes medidas de seguridad, como si de la Gioconda en el Louvre se tratara.

La primera hermandad que adoptó medidas de seguridad fue la de la Macarena, que cuenta con un telón cortafuegos, que se activa dos veces al día cuando no hay visitantes. En cuanto a la Esperanza de Triana, cada noche es descendida a un búnker. Tal es la pasión de los sevillanos que guardan sus tallas como reales tesoros.

2. Martes antes del Domingo de Ramós en Sevilla.

La semana anterior a la Semana Santa, en Castro del Río, sucedió algo que permitió a Sócrates y Tiago, los hijos de Juan, y a las hijas de Alejandro, Clara e Isabel, acompañar a sus respectivos padres. Hubo cuatro días de tormenta tan excesiva que el colegio se inundó y las clases tuvieron que ser suspendidas. Hecho que aprovecharon Juan y Alejandro para llevarse a sus hijos a Sevilla y empezar las vacaciones de Semana Santa con bastante tiempo de antelación.

Margarita acompañó a Antonio, pues, desde que empezaron a salir no se separaban ni un minuto, y todavía no se habían tomado unas vacaciones juntos. La suerte quiso que Margarita fuera tan amiga de las mamás de Alba y Esteban que, éstas últimas, dejaron que sus hijos se fueran con Margarita a Sevilla. Ésto emocionó a los niños, pues estarían con sus amigos de nuevo en una ciudad diferente y, quién sabía, en una nueva y peligrosa aventura. Durante una semana se alojarían en una casa rural que *Cultura y Pasiones* había destinado para Juan y su familia, pero, al ser tan grande, pudo ser compartida por todos.

El martes 20 de marzo llegaron a una casa de campo al norte de Sevilla. La primavera estaba dejando un olor a azahar en el aire que envolvía el ambiente en una suavidad de seda. El sol era el más generoso del año, calentaba pero no quemaba y todo el campo explotaba en flores. El jardín estaba poblado de árboles grandes y robustos que daban una sombra deliciosa. Allí pusieron la enorme mesa de madera para poder almorzar a gusto. Margarita había traído una enorme tortilla de patatas, Nubia un salmorejo exquisito y

Famara, la mujer de Juan, había preparado una deliciosa ensaladilla rusa. Los niños, querían patatas fritas con huevos. Y esa tarde transcurrió tranquila.

A la mañana siguiente Juan, Alejandro y Antonio se levantaron temprano. Dos corresponsales de la revista *Cultura y Pasiones*, venidos de Madrid, iban a supervisar su trabajo. Venían con un joven becario de unos veinte años. Se alojaban en el hotel Bécquer. El corresponsal era un hombre delgado y alto con la cara cuadrada y llevaba el pelo engominado y de punta. Tendría unos cuarenta años pero su expresión era sombría, como de un señor mucho mayor. Lo que más llamaba la atención de su rostro era su sonrisa pues sus colmillos, más largos de lo normal y muy puntiagudos, le daban el aspecto de un vampiro. Se llamaba Manuel Ángel Luna. Ella, lejos de parecer su esposa, parecía su hermana pues tenía una mirada oscura y una expresión de pocos amigos y se parecían un poco en la sonrisa: labios finos y colmillos puntiagudos. Se llamaba Yola Ginieto. Los dos periodistas contrastaban con el joven becario, quien al reírse, con su sonrisa grande de dientes perfectos y blancos, se le iluminaba toda la cara y sus ojos enormes, redondos y avellanas transmitían bondad. Sus jefes Yola y Manuel Ángel lo llamaban por su apellido, Orti Sánchez, y parecían estar siempre enfadados con él.

Yola y Manuel Ángel eran muy elegantes y parecían muy profesionales. Sin embargo, Alejandro notó algo muy extraño en ellos.

Esa misma mañana se dirigieron a la Basílica del Cristo del Gran Poder donde iban a restaurar el brazo a la famosa talla. Las medidas de seguridad antes de la Semana Santa eran extremas. Había policías por todos lados, y eso los extrañó bastante. Enseñaron sus credenciales y casi no dejan entrar a los niños. Mientras entraban, Juan escuchó a uno de los policías comentar algo inquietante de lo que informó rápidamente a sus amigos:

– He oído decir a uno de los policías que ha habido una infiltración sobre el robo de una de las imágenes– dijo Juan.

– ¿Una imagen?– preguntó Antonio.

– Sí, dicen que la famosa ladrona de arte "La Víbora Débora" ha salido de la cárcel. Ha deja-do caer en las redes sociales que va llevar a cabo un robo que moverá las entrañas de Andalucía y que se va a reír de todas las medidas de seguridad de nuestra comuni-dad– continúo Juan.

–¿Pero la policía le estará siguiendo los pasos? No va a estar por ahí suelta con todos los robos que ha llevado a cabo– expuso Alejandro. A lo que respondió Antonio:

– Tú no te puedes imaginar ni la cantidad de secuaces que tiene a su disposición. Es una mujer con una de las fortunas más grandes del mundo. Es inteligente y sobre todo muy muy rica. Aquí en Sevilla tiene un palacete en el centro, en el barrio de Triana, un palacete que solo para entrar al jardín hay que salvar más de veinte medidas de seguridad. Bajo tierra dicen que tiene una réplica del palacete pero a modo de búnker, con una sala en la que guarda todo el arte robado. Ni la mismísima interpol ha podido entrar allí. Dicen que es una mujer extraña, guapa y extravagante pero, sobre todo, que una ferviente devota de la Esperanza Macarena. Y las últimas noticias entre las fuerzas del Estado es que ha creado una pequeña capilla donde dice que pondrá a la virgen, una vez robada. Ya ha dicho públi-

camente que no se la cuida lo suficiente-
explicó seriamente Juan. Y lo peor de todo es
que dice que la va a robar en esta semana
para darle un escarmiento a todos aquellos
que la han metido en la cárcel sin haber tenido
las pruebas suficientes. Ésa es la razón por la
que está tan protegida estos días. Esta
semana solo vamos a entrar nosotros para
hacer el reportaje para *Cultura y Pasiones,*
bueno, y dos periodistas norte-americanos
que trabajan para una revista de historia.

– Estos tres también estarán por aquí-
susurró Juan al oído de sus amigos. Me dan
muy mala espina. Son desagradables y lo
único que han hecho hasta el momento es dar
órdenes. Si son periodistas ¿Dónde están sus
cámaras y su equipo?– Dicen que vienen de la
revista y no sé yo, no sé yo. Solo el chico joven
parece algo más agradable, y al menos él lleva
su cámara.

– Sí, vienen de la revista–continuó Alejandro. A mí tampoco me gustan y he investigado en el móvil. Llevan trabajando para *Cultura y Pasiones* más de quince años. El chico es un becario.

Aquella mañana Juan, Alejandro y Antonio se la pasaron restaurando el brazo del Cristo. A los niños se les prohibió, bajo ningún concepto, alejarse se allí, pues les podrían llamar la atención. Yola y Manuel Ángel Luna, desaparecieron durante unas horas.

Juan, Alejandro y Antonio emplearon toda la mañana en las labores de restauración. Mientras Juan restauraba, Alejandro y Antonio iban sacando fotos de todo el proceso, así como grabando vídeos para luego subirlo a la web de *Cultura y Pasión*. Ya tenían casi todo el trabajo hecho.

-¿A dónde se han ido esos dos?- preguntó Alejandro.

-Se metieron hace un montón de rato para dentro, papá- contestaron Clara e Isabel, las hijas de Alejandro.

-¿Qué estarán buscando éstos por ahí? Se preguntó Juan.

-Andad, niños id a buscar a Yola y Manuel Ángel y decidle que esto está terminado y volved pronto aquí.

Clara, Isabel, Sócrates, Tiago, Alba y Esteban, no expresaron su emoción pero se les iluminó la cara de pensar que podían alejarse un rato y explorar por aquella colosal iglesia. Así que, cuando estuvieron cerca de la sacristía, gritaron de alegría.

La sacristía era un lugar sombrío y lúgubre. Reinaba un silencio de ultratumba. No había nadie. Unos grandes velones alumbraban la estancia. Los muebles eran antiguos y muy oscuros, lo que aumentaba la sensación de tenebrosidad. En el centro había un altar y, sobre éste, unos candelabros de bronce con velas chisporroteantes. Los niños curiosearon por allí y vieron que, en vez de libros sagrados, sobre el altar había planos de lo que parecía un edificio. En el suelo una biblia antigua había sido arrojada con tal fuerza que las solapas de cuero, muy envejecidas, se habían despegado del lomo. Alba la recogió con cuidado y cariño y la depositó sobre un sillón de terciopelo burdeos. Los niños llamaron repetidas veces "Yola", "Manuel Ángel" pero no hubo res-puestas, de manera que siguieron buscando. En la sacristía una puerta se abría a una habitación aún más sombría, llena de ar-marios de madera negra. Una puertecita muy pequeña parecía estar abierta. Empujaron.

Allí el edificio se transformaba pues, parecieron entrar en un castillo medieval. Unas escaleras de piedra muy estrechas entre paredes semiderruidas subían y subían. Los niños decidieron no llamar a los dos corresponsales de *Cultura y Pasiones* pues, estaba claro que, si esos dos podían estar allí, más claro estaba que ellos no debían haber ido tan lejos. Subieron en silencio. Sobre la pared en soportes de hierro negro unos velones enormes alumbraban. Las escaleras eran de caracol. Un descansillo en mitad mostró una puerta antigua de madera, demasiado bajita como para que un adulto pudiera entrar cómodamente. Parecía de enanos. Oyeron a alguien hablar dentro. Eran Yola y Manuel Ángel. No se atrevieron a abrir por miedo a que les riñeran, así que se limitaron a mirar por las rendijas de la desvencijada puerta.

Yola y Manuel Ángel estaban en una biblioteca donde volúmenes y volúmenes de libros se caían a pedazos desde las estanterías. El becario no estaba por allí. Era un lugar pequeño y los techos bajos. En una mesa en el centro, muy vieja también, volvieron a vislumbrar lo que parecían planos de un edificio. Los dos corresponsales estaban asomados a una ventana y sacaban fotografías con unas cámaras espectaculares de objetivos kilométricos.

–Déjame mirar– se quejaba Isabel– no veo nada.

–Cállate o nos descubrirán– le riñó su hermana Clara en voz muy baja, casi un su-surro.

– Callaos las dos– les regaño Sócrates.

–¿Qué hacen?– Susurró Isabel, que siendo la más pequeña no encontró una rendija por donde mirar.

–No sé, pues sacando fotos, ¿no son periodistas?– repuso Alba.

–¿Les avisamos de que nuestros padres los buscan? Preguntó Tiago.

–¿Y si nos regañan por estar aquí?– inquirió Esteban.

–No creo– repuso Clara– y diciendo esto– los seis niños, inconscientemente, se recostaron con tanta fuerza sobre la puerta que perdieron el equilibrio, la puerta se abrió de golpe y todos cayeron al suelo, quedando apelotonados, unos sobre otros, dentro de la biblioteca. Cuando levantaron la mirada Yola y Manuel Ángel, mostraron una expresión de odio en sus ojos, que los atravesó de forma fulminante. Yola rápidamente se dirigió a la mesa y recogió los planos. Los metió en un bolso y se dirigió a ellos con una expresión de rabia en la mirada:

–¡Qué hacéis aquí, mocosos!– les gritó a los niños con mucha ira.

Los niños intentaban levantarse con toda la dignidad posible. Se sacudieron el polvo de la ropa y Sócrates, muy decidido, habló:

–Señora, usted se creerá que estábamos espiando, pero solo habíamos subido a avisar que mi padre ha restaurado el brazo del Jesús del Gran Poder y ha sacado fotografías para su revista y que ya se van a ir, y veníamos a decirles que bajaran. Los hemos llamado por todos lados pero no contestaban, por eso hemos subido aquí.

–¿Y habéis pasado por la sacristía? – preguntó Manuel Ángel con mucho nervio-sismo

–Claro– contestó Isabel.

–¿Y qué habéis visto?

–Nada –se adelantó rápida Clara– nada señora, si hemos venido lo más rápido posible.

Clara empezó a sospechar que los planos que había sobre el altar debían de ser lo que los había puesto tan nerviosos.

–Pues vengan todos para abajo– les gritó Manuel Ángel Luna a los niños con muy mal humor.

Yola y Manuel Ángel tuvieron que agacharse para salir de aquella vieja biblioteca de suelo y paredes de piedra, pues la puerta era muy bajita. Deshicieron el camino por las escaleras. Los dos corresponsales recriminaron de muy malos modos a los niños por haber subido allí y malhumorados los regañaron todo el tiempo que duró la bajada. Una vez en la oscura sacristía, donde las velas daban una luz mortecina, Yola se adelantó muy nerviosa y recogió los planos que estaban sobre el altar. Salieron y, cuando llegaron a donde estaban Juan, Antonio y Alejandro, Yola y Manuel Ángel parecían monstruos.

–¡¿Cómo han dejado a los niños sueltos por ahí?! ¡Son ustedes unos inconscientes! –Gritó Manuel Ángel como un ogro, con los ojos encendidos en llamas y las venas del cuello a punto de explotar. Estaba realmente enfadado. El eco de los gritos resonaba en toda la iglesia, lo que hacía que su voz fuera aún más aterradora– ¡¡¡ Si hay algún desperfecto– continuó– por culpa de los niños, la revista no se hará responsable!!!! ¡¡¡La próxima vez llamen al móvil!!!

-Disculpe señor Luna, los hemos llamado pero en esta iglesia no hay demasiado cobertura. No se preocupe por los niños, ya no los molestarán más- dijo Alejandro bajando la mirada en un tono de voz serio. Antonio y Juan se quedaron en silencio como si de niños pequeños se tratara. Los estaban avergonzando como si hubieran hecho algo malo.

A lo lejos un sacerdote de unos 45 años se les acercó. El becario venía con él. Inmediatamente Yola y Manuel Ángel cambiaron el semblante y mostraron unas sonrisas amplias, como si el hombre fuera amigo de toda la vida. Juan, Antonio y Alejandro se miraron sorprendidos.

-¿Qué tal don Ignacio? ¿Cómo está usted?- dijo Yola muy sonriente, y le besó un anillo que llevaba en la mano y que mostraba una piedra preciosa.

-Muy bien hijos míos, qué alegría veros- repuso el sacerdote- Ya me habían avisado de que vendríais hoy precisamente. Si queréis pasar a la sacristía conmigo os invito a un café. Ustedes señores, si lo desean, la puerta del patio está abierta, ya pueden marcharse.

Antonio, Juan, Alejandro y los niños no daban crédito al cambio de actitud que habían experimentado aquellos dos y de cómo el sacerdote los había echado del templo de la forma más directa del mundo. Ya salían por un lateral de la Basílica que daba a un patio, cuando Yola se les acercó corriendo. Se volvieron.

-¿Qué se le habrá olvidado a la bruja ésta? - dijo Juan en voz baja.

Venía de nuevo con cara de pocos amigos y, muy malhumorada, les gritó:

–¡Mañana Luna y yo no podemos acompañarlos a la Básilica de la Macarena. Irá el becario a sacar algunas fotos con ustedes, pero esta noche les enviaré un correo con todo el trabajo que deben hacer. Será un tanto diferente de lo hablado al principio, o más bien una ampliación de lo acordado. Cuando terminen a las tres de la tarde quiero un informe en mi mail box! ¡Y a ser posible no lleven a los niños!– los desafió con la mirada.

–Sí, señora– contestó Juan.

Yola ni se despidió y fue a buscar a Manuel Ángel Luna y al sacerdote. Al becario ni lo miraban e iba detrás de ellos como un perrito.

–Pues ahora de puro corajes los voy a llevar– dijo Alejandro en voz alta, aunque sabía que ella ya no podía escucharlo– ¡será estúpida!– gritó aún más alto.

-Se va a tener que aguantar la malvada ésa, porque a los niños los necesitamos para nuestro proyecto encubierto- rió Antonio.

-¡Qué bruja!- expresaron los niños en voz más que alta.

Aquella noche Juan recibió un mail muy extraño.

3. Miércoles antes del Domingo de Ramos.

La Macarena o Esperanza Macarena es una talla que pertenece al Barroco, y fechada hacia 1680 Aunque es de un autor anónimo, se le atribuye a algún escultor del taller de Pedro Roldán, entre los que destaca su hija, La Roldana. Muchos sevillanos piensan que fue ella la escultora de la talla, precisamente, la primera mujer escultora reconocida de España. Está hecha de madera de pino y ciprés y mide un metro y setenta y cinco centímetros. Es conocida popularmente como la Reina, Señora y Virgen de Sevilla, como consecuencia del gran fervor que despierta entre los habitantes de esta ciudad. Sale en procesión el Viernes Santo, de madrugada. Está situada en la calle Bécquer del barrio de San Gil. Allí es hacia donde se dirigían el miércoles nuestros amigos.

La entrada es colosal, pintada en ocre y blanco. Es un enorme arco por el que tradicionalmente pasa la virgen cuando sale en procesión. Ese día la Basílica estaba cerrada al público y solo pudieron entrar ellos y los periodistas americanos. La policía rodeaba el edificio. De nuevo casi no dejan acceder al recinto a los niños. Sin embargo Juan se guardaba un as en la manga y, gracias a un contacto muy particular, los chiquillos aquella mañana los acompañaron.

–¿Y qué es lo que dices que ponía en el mail que te mando la bruja anoche?– preguntó Antonio a Juan.

–Eso, eso– prosiguió Alejandro.

–Quería que midiéramos las puertas y que sacáramos fotos al portón situado en el sagrario. Este debe ser medido con especial cuidado, no debemos fallar ni un centímetro.

Ha pedido que examinemos la iglesia palmo a palmo por si hubiera entradas ocultas o cámaras cerradas. Las iglesias antiguas suelen guardar muchos recovecos.

–Ésta no es tan antigua, es de 1961.

–Sí, pero cuentan que el arquitecto que la diseñó era un masón y amante de las iglesias antiguas y apasionado de los secretos que guardan los edificios más antiguos del planeta. No quiso construir una simple Basílica– explicó Juan.

Cuando entraron en el templo se quedaron perplejos ante la excelsa imagen de la virgen en el Camarín, al fondo, rodeada de rico oro.

Era de una expresividad extraordinaria.

–Ese dolor por un hijo, solo ha podido ser tallado por una mujer– expresó una chica con un acento diferente, extranjero, mirando a la virgen con expectación.

–Tiene usted razón– continuó una voz desde la sombra. No he visto nada más hermoso en mi vida.

La chica se sobresaltó.

–Disculpe no pretendía asustarla– dijo la voz desde la sombra.

–No se preocupe– continuó ella.

La voz salió desde un rincón oscuro detrás de la chica. Una sonrisa grande de dientes perfectos y blancos, iluminó una la cara de ojos enormes, redondos y avellanas que transmitían bondad.

–Mi nombre es Juan Antonio Sánchez Orti– dijo el becario, sin poder apartar la mirada de la preciosa chica que tenía enfrente.

–Mi nombre es Eileen, disculpe mi español, es muy malo– la chica observaba al becario sin poder dejar de mirar aquellos ojos de color avellana tan grandes y redondos.

–Soy americana, de Manhattan–continuó la chica– He venido a escribir sobre la Semana Santa en Sevilla y sacar algunas fotos. Mi compañera está enferma en el hotel así que he venido sola.

–A mí, mis jefes– explicó Juan Antonio– me han enviado a supervisar el trabajo de unos fotógrafos, uno de ellos bastante famoso, aquellos señores del fondo, los que están con los niños. Pero yo no voy a estar espiando a gente profesional como si se trataran de delincuentes. Mis jefes son muy mal pensados.

Los dos jóvenes, bajo la mirada de la virgen, continuaron la charla. Juan, Alejandro y Antonio, pensaron, mientras contemplaban la escena de la chica americana y el becario que, allí mismo frente al Camarín de la Macarena, se había obrado un milagro, pues, ensimismados no apartaban la mirada el uno en el otro, como si el amor los hubiera reunido al amparo de la magia de aquel lugar sagrado.

–¿Por qué no salimos de aquí y nos tomamos un café?– propuso Juan Antonio.

–Por mí estupendo– accedió Eileen.

Así pues, los dos jóvenes salieron de la Basílica, por la sacristía y Clara, la hija de Alejandro que desde lejos los miraba ensimismada, creyó ver que la virgen sonreía, pero pensó que eran imaginaciones.

Un cristal blindado protegía a la Esperanza Macarena de posibles asaltos. Cinco de las cientos de imágenes de las iglesias de Sevilla están protegidas por medidas extremas de seguridad y ésta, era una de las más seguras.

Tal y como les había ordenado Yola, hicieron un recuento de todos los rincones y recovecos, salidas o entradas y, efectivamente, en la primera capilla del lado del Evangelio, observaron que las cuatro ranuras que forman el cuadrado de una de las enormes lozas del suelo presentaba una anchura superior al resto. Había una hendidura sobre ella. Juan fue a por una barra de acero al coche. Con ayuda de Antonio y Alejandro hizo palanca y levantó la loza que era pesadísima. Los seis niños y los tres hombres bajaron a una especie de sótano que se bifurcaba una y otra vez en pasillos, limpios y con olor a incienso. Eran pasillos subterráneos. No era difícil orientarse pues había unas marcas en la pared que indicaban hacia qué estancia conducía cada pasadizo.

Los focos para hacer las fotos les servían de linterna, así como las linternas de los móviles.

–Vale, chicos, aquí no hay nada excepcional– dijo Juan– volvamos al trabajo que no tenemos mucho tiempo. Si luego queréis, podemos visitar la basílica desde estos túneles y sacar fotos dentro, pero ahora mismo tenemos mucho trabajo por delante y Yola quiere que le mande material para las tres de la tarde. Aunque de estos pasadizos no le pienso decir nada.

Antonio y Alejandro asintieron y subieron por donde mismo habían bajado. Dejaron la loza a un lado para luego volver allí e inspeccionar un poco más en profundidad y hurgar en las entrañas de la Basílica.

Juan, Alejandro y Antonio, montaron el equipo de fotografía y sacaron cientos de instantáneas desde cientos de ángulos. Las examinaban, corregían la luz, las eliminaban o las guardaban, las volvían a hacer y así durante toda la mañana del miércoles. Montaron y desmontaron los paraguas a lo largo y ancho de la basílica. Debían terminar para las tres. De hecho era de vital importancia hacerlo para ese momento. Yola les había advertido que después de las tres horas no debía quedar nadie allí dentro. Ellos pensaron que ese requerimiento lo hacía el obispado. Pero, no contentos con algunos de los resultados, se quedaron más rato en el templo. El contacto de Juan había conseguido el permiso para que pudieran trabajar hasta bien entrada la noche, pero de ésto no dijeron nada a nadie. Sobre las tres, enviaron a Yola parte del material, lo que le haría pensar a la bruja que ya habían terminado. Así pues, una vez hecho el trabajo, Juan, que era un gran experimentador de la fotografía, se puso a trabajar con Antonio y Alejandro, pero ya, por placer. Los tres querían elaborar un libro con un resultado más alternativo y vanguardista. Por eso habían traído a los niños. Tenían más cosas en mente, aparte de fotos de estudio para una revista como *Cultura y Pasiones*.

Después de hacer algunas fotos con los pequeños, quisieron subir al campanario. Pero era un poco peligroso para los niños.

–Chicos, vamos estar arriba solo unos diez minutos. No os mováis de aquí. Sócrates, tienes ya trece años, cuida de los demás, coge tu móvil y si pasa algo nos llamas – le ordenó Juan a su hijo mayor.

En el mismo instante que los tres fotógrafos desparecieron por unas escaleras al fondo de la basílica, los niños escucharon unas voces en el interior de la iglesia. En la zona de la sacristía, alguien había entrado sin permiso. Dejaron el equipo de los padres entre las sombras, ocultos por unos mantos, apagaron las pocas luces que había encendidas y se acercaron sigilosos. Aprovechando que la enorme loza de la primera capilla seguía desplazada, entraron a los túneles. Se alumbraron con la linterna del móvil de Sócrates. Las voces estaban cada vez más cerca. Al final de uno de los pasadizos había una rejilla de bronce muy antigua. Estaba a ras del suelo de la sacristía.

Esas voces les eran familiares. Había dos hombres y dos mujeres. Una era Yola, de eso no cabía la menor duda, el otro parecía Manuel Ángel, pero hablaba como en susurros. No pudieron identificar a los otros dos.

Desde allí, a ras del suelo, apenas si llegaban a ver hasta las caderas de los presentes en la sacristía. Contaron ocho pies. Los zapatos de tacón de una de las mujeres eran de aguja y muy altos y, quizás, muy caros por lo bonitos que eran, pensó Clara. La otra mujer, a la que identificó como Yola, llevaba un vestido azul marino y zapatos rojos. Luego estaba Manuel Ángel que llevaba vaqueros y unas Adidas negras un poco gastadas. El otro hombre llevaba sotana y, bajo esta, unos mocasines muy brillantes y limpios. Escucharon con atención y lo que entendieron les pareció un poco de ciencia ficción. Sobre todo Clara, ensimismada en aquellos zapatos tan escandalosamente bonitos, prestó mucha atención a lo que decía la mujer que los llevaba, y lo que decía no le pareció, en absoluto correcto. Así pues, le quitó el móvil al Sócrates y grabó la conversación.

Llevarían allí unos diez minutos cuando detrás de ellos una luz de otro móvil los sobresaltó y los asustó muchísimo. Se quedaron quietos sin hacer ni un ruido y muertos de terror.

–Tranquilos chicos soy el becario.

Los niños respiraron aliviados pues el becario sí les caía bien. La chica americana venía detrás.

–¿Qué hacéis aquí?– Preguntó Juan Antonio en voz muy baja.

–Son tus jefes están diciendo cosas terribles– susurró Clara.

–¿Cosas terribles? –Se preguntó extrañado Juan Antonio– a ver, chicos dejad que me acerque a la rejilla.

Juan Antonio y Eileen se acercaron a la rejilla. Escucharon con atención pero todas las cosas terribles a las que se refería Clara ya habían sido dichas y pensaron que todo aquello era muy infantil. Juan Antonio y Eileen no se percataron de nada excepcional. De hecho la conversación duró unos tres o cuatro minutos más. Tras este tiempo, las cuatro personas de la sacristía se alejaron hacia fondo, donde una puerta pequeña y blindada daba a la calle. Entonces sí pudo confirmar Juan Antonio de quiénes se trataba, pues, a una distancia favorable, las figuras se apreciaban completamente. Era sus jefes, el tal Don Ignacio y… aquella mujer, su cara, le resultaba tan familiar. No pudo acordarse en ese momento de quién se trataba.

Los seis niños y los dos jóvenes salieron de los pasadizos. Juan, Alejandro y Antonio los vieron salir desde la profundidad y corrieron hacia ellos. Se sorprendieron al ver al becario y la chica americana. Juan Antonio y Eileen le contaron lo sucedido, pero los niños habían escuchado muchas más cosas que ellos y no sabían nada de la gravedad de lo que se había hablado allí.

Cuando se aseguraron de que nadie, absolutamente nadie, estaba por allí, volvieron a la casa de campo donde siguieron trabajando y clasificando material. Juan, Alejandro y Antonio no paraban de darles vuelta a todo lo que les había pasado. Los tres días siguientes, trabajaron fuera de las iglesias, inmortalizaron en fotografías el ambiente previo a la Semana Santa. Gente por todos lados haciendo compras por la mañana, luego más gente por todos lados al cierre de los comercios, pues es costumbre en Andalucía ir a tomar cervezas y vino antes del almuerzo.

En Andalucía en general, cuando llega la primavera, los balcones de las casas se llenan de flores, hace una temperatura exquisita y los bares se llenan de gente a mediodía.

El sábado antes del Domingo de Ramos, la revista *Cultura y Pasiones*, les dio libre a nuestros fotógrafos así que, llevaron a los niños a Isla Mágica, el famoso parque temático ambientado en el descubrimiento de América. Estaban en el barco pirata cuando se toparon con Juan Antonio y Eileen.

–¡Hola chicos!– exclamó la fotógrafa americana, llena de alegría al ver a los niños.

–Hola Eileen– ¡Qué casualidad!– gritaron Clara e Isabel a quienes la chica les había caído estupendamente. Les gustaba ese acento tan diferente, les hacía reír.

Juan Antonio, estrechó la mano de Alejandro, Juan y Antonio con efusividad. Les alegró verlos y ellos les presentaron a Famara, Margarita y Nubia. Fue algo muy agradable.

–Íbamos a almorzar ¿os venís con nosotros? Preguntó Famara– y a Eileen se le encendieron los ojos.

–¡Síí, por favor!– gritaron los niños.

–Está bien– asintió Juan Antonio.

–En el camino para el restaurante Aguateca, situado en el corazón del parque, Juan Antonio se retrasó unos pasos y se quedó un poco atrás con Eileen. Su mirada se ensombreció y se entristeció de repente.

–¿Te sucede algo?– inquirió la chica.

–Sí, Eileen. No estamos aquí por casualidad. Yo sabía que iban a venir y un guarda de seguridad lleva todo el rato informándome a través de un pinganillo que llevo el oído sobre la posición de esos niños y los padres. Mis jefes quiere que los espíe y, aún no sé por qué. Me parecen tan buenas personas. Yola está constantemente amenazándome de que me va a echar de este trabajo si no hago lo que dice y de que van a hablar con mi jefe del proyecto de fin de carrera. Le informará sobre lo mal que trabajo para que no me apruebe el TFG (Tarea fin de grado).

Eileen, no daba crédito a lo que le decía su recién estrenado amigo.

–¿Y qué vas a hacer?–preguntó la chica.

–Mira lo que voy a hacer. ¿Ves a un señor con camiseta y pantalón negro en el puesto de los tickets del barco pirata?– dijo Juan Antonio.

–Sí– respondió la chica–

–Nos lleva pisando los talones todo el día, espiando. Pues gracias a él creo que voy a perder mi trabajo hoy.

–¿Qué dices? Se sorprendió la chica.

Juan Antonio se quitó las gafas de sol, miró fijamente a aquel tipo y se sacó una cosita muy pequeña del oído izquierdo, un dispositivo minúsculo. Volvió a mirar al tipo de frente en mitad de la multitud.

–¿Qué vas a hacer? Preguntó Eileen.

–Lo voy a romper delante de sus narices

–Espera– exclamó ella. Eileen emocionada con el acto de valentía sacó su móvil. Espera– repitió– te voy a grabar– dijo riéndose.

Juan Antonio, haciendo burlas, levantó el pinganillo, lo elevó y, como si de Hamlet se tratara, dijo en voz alta:

–Yo Juan Antonio Sánchez Orti, en este mismo instante de mi vida voy a perder mi trabajo y la posibilidad de que me lean mi proyecto de fin de carrera. En este instante te destrozo– volvió a mostrar el dispositivo al guarda contratado por Yola y Luna y lo tiró al suelo. Luego lo pisó con sus zapatillas converse y lo destrozó. Entonces respiró aliviado. A lo lejos el guarda lo amenazó con un gesto. Eileen como una niña pequeña le sacó la lengua. A continuación los dos jóvenes, más felices que nunca, se sacaron una foto con el signo de victoria. Se miraron fijamente en un momento eterno, lleno de chispas y fuegos artificiales, acercaron sus rostros el uno al otro y casi se dan un beso, pero los interrumpió Isabel.

–¡Vamos que os quedáis atrás!– dijo la niña, los cogió a los dos de la mano y los arrastró hacia sus padres, mientras los jóvenes se miraban con pasión y con unas ganas tremendas de besarse.

El resto de la tarde lo pasaron todos juntos y se divirtieron de lo lindo. A veces a Juan Antonio se le entristecía la mirada de ojos redondos y avellanas, pero sabía que había hecho y que hacía lo correcto.

Cuando cerraron las atracciones, ya fuera del recinto, Eileen, se dirigió a los niños

–¡Niños, me lo he pasado genial con vosotros! Espero volver a veros

–¿Por qué no te vienes a casa a cenar? Tenemos barbacoa– exclamó Tiago. Entonces Isabel Esteban, Alba, Clara, Sócrates estallaron en júbilo.

–Me encantaría– dijo la chica.

–Nos encantaría– corrigió Juan Antonio

–Pero es muy tarde y mi hotel está lejos. Mañana tengo que hacer mucho trabajo, y aunque mi compañera ya se encuentra mejor, prefiero que descanse y hacer yo las labores– contestó Eileen.

–Podríais venir con nosotros– continúo Nubia–estamos en una casa de campo inmensa y todavía quedan cuatro dormitorios libres. Mañana os acercamos a los hoteles. Es que esta tarde vamos a hacer una barbacoa en el jardín y unos amigos nuestros de Sevilla van a traer sus guitarras y tendremos música un rato, sevillanas y flamenco. Solo un rato. Para las doce todos durmiendo. Además mañana es Domingo de Ramos. Ellos tienen que trabajar, pero no tenemos que madrugar tanto.

Juan Antonio miró a Eileen con cara de "por favor di que sí". En esos días se había enamorado de la preciosa periodista americana, que en una semana volaría a Estados Unidos y quién sabía si la volvería a ver. Quería pasar todo el tiempo posible con ella. De todos modos, él a esas horas, estaría ya despedido. Qué más le daba. Seguramente a lo largo de la tarde-noche, recibiría una llamada de Yola o Manuel Ángel.

—Está bien— dijo Eileen con una amplia sonrisa.

–¡Yes!– exclamó Juan Antonio y todos rieron llenos de felicidad.

4. Domingo de Ramos.

La casa de campo quedó iluminada por el este con un sol suave. Amanecía. Cuando Juan Antonio bajó al jardín encontró a Antonio, Alejandro y Juan preparando material fotográfico para el famoso Domingo de Ramos. En el salón Eileen escuchaba las noticias. Había un revuelo enorme, terrible en Sevilla.

–¡Chicos, entrad!– gritó la chica americana desde el salón.

Los cuatro hombres entraron y se quedaron estupefactos escuchando las noticias de última hora en Canal Sur, el canal autonómico de Andalucía. Había sucedido. La Esperanza Macarena había sido robada de su camarín. No daban crédito a lo que estaban escuchando.

–Es imposible, hemos estado allí, está blindada con medidas más seguras que muchos cuadros del museo del Prado.

Si aquel acontecimiento había sido una sorpresa, lo peor estaba por llegar. Cinco minutos más tarde, la casa de campo estaba rodeada de coches patrulla. Agentes de la policía nacional y la guardia civil salieron de sus coches armados hasta los dientes. Famara, Nubia y Margarita bajaron espantadas al jardín. Los niños las siguieron en pijama. Todos estaban muy asustados. Juan Antonio y Eileen no habían sido vistos aún por la policía pues, Juan Antonio, aunque joven y un poco ingenuo, se había forjado una idea de lo que allí estaba sucediendo. Llamó a Nubia a la cocina, desde donde, de momento, no podían ser vistos.

–Nubia– le dijo muy seriamente– la policía no sabe que estoy aquí. Teóricamente Eileen y yo estamos en el hotel de ella. Se lo hice saber a Yola para que me dejara en paz. Para el poco tiempo que me queda de estar con ella, no quería tener que vérmelas con la bruja de mi jefa. Creo que sé que ha pasado aquí. Si la policía quiere llevaros a vosotras y los niños, fingid que están enfermos. Llevadlos ahora mismo arriba. Necesito tiempo. Se van a llevar a vuestros maridos.

–Pero de qué hablas, chaval, ¿cómo que se van a llevar a nuestros maridos?– preguntó aterrorizada Nubia.

–Tú haz lo que yo te digo.

Efectivamente quince agentes de la policía nacional y ocho de la guardia civil entraron en la casa. Mientras Juan Antonio y Eileen se escondían en la enorme despensa, Nubia subió a los niños a los dormitorios y les pidió que fingieran que estaban enfermos.

Famara y Margarita se quedaron con ellos y Nubia bajó de nuevo a la cocina.

-¿Son ustedes Alejandro Sánchez, Juan Morales y Antonio Vázquez?- preguntó el sargento de la guardia civil llegando al final del jardín.

-Sí señor- dijo con voz firme Juan.

-Quedan ustedes arrestados por el supuesto robo de la virgen Esperanza Macarena esta madrugada- prosiguió el agente.

-¡Nosotros!- gritaron los tres hombres al unísono.-Han sido los únicos que han tenido acceso a la basílica. Usted es Juan Morales, es famoso, tiene contactos en diputación, según hemos sabido, y muy importantes, que podían haberle facilitado mucha información e incluso, la gente para poder llevar a cabo el robo- explicó el agente.

-Pero hay mucha más personas que ha tenido acceso a la basílica- dijo Alejandro. Los corresponsales del *Cultura y Pasiones*, los periodistas para los que trabajamos.

–Son ellos precisamente los que los han acusado. Según las cámaras de seguridad a ellos solo se los ha visto diez minutos dentro del templo, a plena luz del día y con Don Ignacio, el sacerdote más insigne de esta ciudad. ¿No creerá usted que en ese tiempo van a robar una virgen, tomando café con tan excelsa persona? Además, los trabajadores del hotel dicen que anoche no salieron de ahí. Cenaron en el restaurante y todo los vieron en el club del hotel hasta bien entrada la madrugada. A todo esto se une la figura del becario que Yola Y Manuel Ángel tienen contratado. Tienen horarios exhaustivos de sus movimientos fotos y grabaciones. Un chico bastante alto que anda con una americana. Ha sido pieza clave para su detención. Yola Ginesto y Manuel Ángel Luna sospecharon de usted desde el principio y mandaron al chico para espiarles.

–¡Serán puercos!– gritó Juan llorando.

–¡Maldita sean esos dos, bueno esos tres! Y nosotros que nos habíamos encariñado con el chico– gimió Alejandro sin poder contener las lágrimas.

Nubia desde la cocina no daba crédito a lo que escuchaba pero vio en los ojos de Juan Antonio que no todo lo que decía aquel policía era verdad. Vio algo en el chico que la hizo no delatarlo allí mismo. Eileen bajó la mirada avergonzada y, sobre todo muy triste.

La policía se llevó a los tres fotógrafos esposados hacia las dependencias de la policía. Cientos de periodistas se apostaban a la entrada de la casa de campo. Los flashes de las cámaras deslumbraron a Famara, Margarita y Nubia en la luz de la mañana primaveral. Tuvieron que hacer un acto de conciencia para no llorar y que luego los niños se entristecieran.

La casa quedó rodeada de policías. Aunque, bien es cierto, que al otro lado de la cerca de enredaderas que rodeaba la casa, lo que les permitió a nuestros amigos tener cierta intimidad.

Famara bajó las persianas y nadie podía ver sus movimientos desde fuera. Una vez que se aseguraron de que no podían ser vistos por los policías, hicieron salir a Eileen y Juan Antonio Orti de la despensa.

El chico les explicó que casi todo era cierto pero que había decidido no hacerlo más. Eileen les mostró la grabación que hizo con el móvil en que se veía a Juan Antonio recitando la muerte del pinganillo. Las tres mujeres no quisieron que los niños supieran nada de eso pues les habían cogido un cariño enorme a los dos jóvenes. Y al fin y al cabo,

Juan Antonio estaba sacrificando su carrera por ellos.

5. Jueves Santo.

El jueves Santo en Sevilla había incluso más periodistas y más jaleo de lo acostumbrado. Los tres fotógrafos seguían retenidos en las dependencias de la policía. Habían pasado ya cuatro días desde que se llevaran a Juan, Antonio y Alejandro. Las inmediaciones de la comisaría presentaban más expectación que las procesiones. La Esperanza Macarena salía esa noche de madrugada y aún no habían conseguido localizarla. Eso sería una tragedia para Sevilla entera. Su Reina, desaparecida.

Famara, Nubia y Margarita esperaban dentro de sus coches con los niños por si había algún cambio, además sobre las tres de la tarde podían visitar a los tres en sus celdas. De pronto, la policía se vio obligada a usar la fuerza para ahuyentar a los periodistas. Un audi Q8 negro con los cristales ahumados, aparcó frente a la comisaría. De él se apearon cuatro hombres muy altos y fornidos, vestidos de negro y ocultando sus ojos con gafas de sol. Uno de ellos abrió la puerta delantera y ayudó, ofreciendo su mano a una mujer muy elegante, muy alta y muy hermosa. Cuando ésta puso los pies en el suelo, Clara dio un grito.

–¿Qué sucede?– preguntó Juan Antonio que estaba en el asiento de atrás con las niñas.

–Son los zapatos. Son los mismos que vi en la sacristía cuando accedimos a los túneles.

En ese momento, Juan Antonio, se acordó de que los niños, aquel día, le habían dicho que Yola, Manuel Ángel el sacerdote y la mujer, habían estado hablando de cosas horribles. Él, sin embargo, no les prestó atención, lo vio como cosa de niños. En aquel momento no se acordó de aquella cara tan hermosa que salió por la puerta de la sacristía, pero, ahora, sí que la reconoció, nada más bajarse del coche. Era "la Víbora Débora", la famosa ladrona de arte.

–Vayamos a un sitio donde podamos hablar con los niños en tranquilidad, donde la policía no pueda seguirnos o escucharnos– suplicó Juan Antonio.

–¿Qué sucede? Inquirieron Nubia y Eileen, sorprendidas.

–¿Queréis salvar a vuestros maridos? Conozco un sitio para contaros algo que os sorprenderá

Fueron al parque María Luisa. Nubia se adelantó un momento a uno de los policías.

—Agente, por favor necesitamos tener un rato de intimidad con los niños. No vamos a salir de la ciudad sin nuestros maridos. No hemos hecho nada malo, déjennos respirar un rato a solas.

Así pues Nubia, Famara y Margarita alquilaron unas barcas y se adentraron en el famoso y amplio estanque. Bajo uno de los puentes los esperaba Juan Antonio y Eileen. No era posible divisar las tres barquitas desde donde estaban. Caía la tarde con una luz rojiza y el calor primaveral era muy agradable. Quedaban solo unas horas para que saliera la Macarena y los fervorosos seguidores de la virgen lloraban a las puertas de Basílica.

—Y bien— dijo Famara— ¿Qué es eso tan importante que tienes que contarnos?

—Adelante Clara, Sócrates, Isabel, Tiago, Esteban, Alba. Contadles a todos lo que escuchasteis el otro día en aquellos túneles. Es muy importante para ayudar a vuestros padres.

Caía la noche, todavía no eran las nueve y la temperatura era cálida y agradable. La policía dejaba paso a tres coches y cerraba las dependencias a cal y canto.

Famara, Nubia y Margarita, Eileen y Juan Antonio eran escoltados por la policía y la guardia civil a una habitación blindada. Sus padres estaban dentro. Todos se abrazaron entre lágrimas.

–No hay tiempo que perder– explicó Juan Antonio– Vamos Clara, habla, dile a estos señores lo que nos has contado esta tarde.

–Adelante, sin miedo– dijo el sargento de la guardia civil, con una voz dulce, dirigiéndose a la niña, quien realmente tenía una visión más cercana a todo lo que había pasado. Era muy inteligente y su memoria de todo lo que pasó estaba intacta.

–Pues verá, señor, la señora de los zapatos bonitos dijo que con ayuda del sacerdote de mocasines brillantes robarían a la virgen. Él les abriría una habitación que hay en la Basílica del Cristo del Gran Poder. Solo él tiene las llaves. La habitación, según dijeron, es grande como para ocultar a una persona mayor. Nadie sospecharía pues ¿cómo iban a sospechar de que la virgen iba a estar oculta en la famosa iglesia del Cristo del Gran Poder? Según hablaron allí hay una puerta secreta y tras ella, la habitación. El sacerdote tiene acceso a las dos iglesias y con ayuda de unos cuantos matones de la señora de los zapatos bonitos sacarían la talla y la meterían en una furgoneta propiedad de la iglesia. Ahora la virgen está en la Basílica del Cristo del Gran Poder en una habitación secreta.

Además, todo lo grabé con el móvil de mi amigo. Espero que él no lo haya borrado.

La policía y los guardias civiles se quedaron fríos con la historia. Quedaba una hora para la salida de la procesión. Era impresionante el fervor de los sevillanos pues habían montado la procesión esperando un milagro de última hora.

Las fuerzas del estado arrestaron a Don Ignacio, lo obligaron a enseñarles el lugar secreto. La sorpresa fue espectacular. Quedaban solo veinte minutos para que saliera la procesión. La virgen iba en un camión blindado hacia su basílica. Rápidamente se alertó a las camareras de la virgen que dispusieran las flores y las velas y el mejor manto porque la Esperanza Macarena salía esa noche. Los fervorosos fieles lloraban a lágrima tendida cuando a las

12 en punto de la noche, en el sopor de la madrugada mágica andaluza, cien soldados romanos escoltaban a la virgen.

5. Viernes Santo.

La procesión se encerró al día siguiente. Es la procesión más larga de las conocidas que salen en la madrugada sevillana. Su duración es de 14 horas. Cuenta con 15.000 hermanos y es la primera también en número de nazarenos que salen por las calles con un número aproximado de 3.500. Todos los nazarenos llevan las capas en color crema. Sin embargo, aquellos que acompañan a la virgen llevan el antifaz o capirote en verde y aquellos que acompañan al Cristo que va con la virgen los llevan en morado.

Sobre las dos de la tarde del viernes santo en Sevilla, una vez encerrada la procesión, nuestros amigos ya respiraban tranquilos, en una terraza tomando unas cervezas y unas tapas. Esos días habían sido una pesadilla por un lado y pura emoción por otro. Juan Antonio no sólo no perdería su trabajo, sino que la revista *Cultura y Pasiones* le harían un contrato en condiciones. Su profesor del proyecto fin de carrera lo felicitó orgulloso cuando volvió a la facultad de periodismo. Pero aquella tarde de primavera, sentado a la enorme mesa en aquella terraza en el barrio de San Gil, con sus nuevos amigos, solo tenía ojos para Eileen. En dos días la chica se marcharía y el corazón se le hacía pedazos. Los sentimientos de la chica eran los mismos, así que no podían evitar sentirse tristes por momento.

Juan, Antonio y Alejandro casi habían terminado su proyecto. *Cultura y Pasiones* se disculpó cuando se supo en todos los medios de comunicación sobre las fechorías de los dos periodistas, Yola y Manuel Ángel. El trabajo que habían realizado los tres amigos les gustó tanto que les ofrecieron a los tres juntos uno nuevo para el mes siguiente.

El Domingo de Resurrección, Juan Antonio acompañó a Eileen al aeropuerto. Su vuelo salía a las 12 horas. Eileen iba con su colega, quien se había tirado todo el tiempo enferma en el hotel. Se despidieron con una presión en el pecho los dos, mirándose con un amor ya imposible, irreal, inconcebible en el que además se interponía el océano atlántico y casi 7000 kilómetros. Se abrazaron con fuerza en un último y prolongado momento de dulzura. Después las chicas desaparecieron tras los mostradores de *checking*. Juan Antonio salió del aeropuerto llorando a lágrima viva, se montó en su furgoneta y se dirigió a la casa rural donde Nubia había preparado una paella que se comerían al radiante sol de la tarde primaveral a modo de despedida. Pero Juan Antonio no tenía ni hambre ni ganas de nada. Antes de llegar tuvo que parar un rato la furgoneta en un descampado porque no quería que lo descubrieran con los ojos rojos de llorar.

Cuando los niños vieron a Juan Antonio entrar por el fabuloso jardín gritaron de alegría. Ya estaba más calmado pero muy muy muy triste por dentro.

–¿Qué tal Juan Antonio? Preguntó Nubia– has tardado mucho en llegar, ¿Ha habido algún problema en la carretera?

–No, que va– se excusó el joven, es que... es que... a Juan Antonio le temblaba la voz y tanto los niños como los mayores lo miraban con pena pues de nuevo se le saltaron las lágrimas.

–Jo– le dijo Isabel cogiéndolo dulcemente de la mano– hoy todos lloráis, Eillen ha llorado un montón de rato y ahora tú.

–¿Cómo que Eileen ha llorado? Se agachó el joven para ponerse a la altura de la niña de 5 años y le dijo extrañado: si hoy no la habéis visto.

–Sí, sí que la hemos visto y nos ha dicho que lloraba de felicidad.

Juan Antonio levantó la mirada, Nubia, Famara y Margarita que estaban juntas se separaron y detrás de ellas apareció la chica americana bañada en lágrimas. Juan Antonio se fue corriendo hacia ella y la abrazó aún más fuerte que hacía una hora. Entonces ahora sí, mirándola con amor, la besó con pasión en los labios.

–Me quedo contigo una temporadita– dijo ella.

Aquel fue el domingo de resurrección más espléndido que se haya vivido en Sevilla. Cuando regresaron a casa, aquella misma noche, Clara a punto de quedarse dormida en el sofá y, antes de que Nubia y Alejandro la metieran en la cama, miró en el móvil uno de los vídeos que había grabado durante el reportaje en la iglesia. Se sorprendió al comprobar que allí sola, ante La Esperanza Macarena, ésta le sonreía. Pero tenía tanto sueño que pensó que el cansancio le hacía ver milagros. Se quedó frita. Al día siguiente cuando quiso enseñárselo de nuevo a su padre, Isabel borró sin querer el vídeo. Nadie la creyó, aunque cuenta la leyenda que la virgen sonríe a los puros de corazón.

FIN

Table des matières